찰나의 아름다움

찰나의 아름다움

초판 인쇄 ǀ 2022년 12월 25일
초판 발행 ǀ 2023년 1월 5일

엮은이 ǀ 이혜경
펴낸이 ǀ 신중현
펴낸곳 ǀ 도서출판학이사

출판등록 : 제25100-2005-28호
주소 : 대구광역시 달서구 문화회관11안길 22-1(장동)
전화 : (053) 554~3431, 3432
팩스 : (053) 554~3433
홈페이지 : http:// www.학이사.kr
전자우편 : hes3431@naver.com

ISBN _ 979-11-5854-405-8   03810

찰나의 아름다움

강다영 외 71명
이혜경 엮음

學而思 학이사

지우지 않고 남겨둔 순간을 보며

수많은 찰나들이 모여 삶을 이룹니다.

내 휴대전화에 담긴 무수히 많은 사진들.
지우지 않고 남겨둔 그 순간의 의미는 무엇일까요?

일상에서 잊힌 한순간을 사진에서 포착하고,
찰나에 담긴 의미를 발견한 뒤 시로 표현하는 시간을 가졌습니다.

시를 짓는 순간, 어땠나요?

한 장의 사진을 선택하기 위해

사진첩을 들여다보면서 무슨 생각이 스쳐지나갔나요?

찰나의 아름다움은
반드시 예쁘고 화려한 것을 의미하지는 않습니다.

어떤 장면이든, 그 순간이 지금 나에게 많은 영감을 준다면
그것이 아름다움이겠지요.

2022년
문학 시창작 수업 중
이혜경

차례

2부 _ 내 마음은 고동색

3부 _ 은하수가 지나간 길

찰나의 아름다움

1부

뜨거운 태양 속

그 친구들

- 신영우

시간이 많이 흘렀다.
그 친구들은 무얼 하고 있을까.

때는 중 2 수학여행,
우리는 그 순간을 간직하기 위해 모였다.
우리는 우리의 우정을 기억하기 위해 모였다.

우리는 사진을 찍기 위해 모였다.

시장에 온 듯이 여기저기서 지방방송이
시작된다.
내가 좋아하는 그리운 소리다.
'찰칵' 사진을 찍고
숙소에 가는 우리의 얼굴에는
아쉬운 웃음으로 가득했다.

시간이 많이 흘렀다.
그 친구들도 나와 같은 마음일까?

그림 같은 우리

- 박효원

한 햇빛 아래 옹기종기 모여 있던 우리들을
핸드폰으로 찍었다.

핸드폰 갤러리에 담긴 이 사진은
잊힐지언정 그 색을 잃지 않지만
미술관에 전시된 그림 같은 우리는
아름다운 색들을 바래가며 각자의 위치를 찾겠지.

한 햇빛 아래 옹기종기 모여있던 우리들은 어느새
한 햇빛 아래 다른 삶을 살아가고
한 햇빛 아래 사진 같던 우리들은 어느새
햇빛 아래 그림같이 색을 바래고 있네.

나의 야구 느낌

- 정정환

오랜만에 친구들과
눈을 잠시 감고 뜨면
도착하는 타임머신
전차 타고 사직으로
"신난다."

오늘 파란 날인지
관중 때문에 야구장이 터질 지경
경기가 시작하면 어디서든
들려오는 응원가
야구장도 따라 부르는지
엄청난 울림 소리
"웅장하다."

점점 어두워지면서
관중들은 별을 하나 하나씩
쥐었는데 거대한 태양
"아름답다."

내 마음의 브라흐마

- 최해강

나에게 주어진 시험
다섯 번째 시련의 마지막을
생명과학 9번과 10번을 풀고 끝내리라.

시련의 끝, 찾아온 종말을 알리는 자
나는 그 달콤한 종말의 사신을 맞이하리라.

종말의 나흘째, 절정의 그 금요일
나는 모태의 신전에 찾아가리라.

램 라라 고쉬아
프라운 티카 마살라
나의 신을 숭배하리라.

플레인 난
바스마티
나의 선지자들을 따르리라.

신과 선지자께서는
감히 손을 쓰지 않는 불경한 자의 금속에 붙들려
그의 입으로서 하나 되리라.

태초, 어머니의 배 속에서부터
나만을 위해 숭고히 희생하신
내 기억의 창조주
내 마음의 브라흐마
커리

뒷모습

- 이정연

여느 때와 같이 뜨거운 여름이었다.
최고기온 34도
온몸이 녹을 듯 뜨거운 날이었지만
마음은 시원했다.

엄마 손 아빠 손 꼭 잡고
몽글몽글 날아가는 설렘 가득 담아 간
구룡포 일본인 가옥 거리
시루 속 빽빽하게 모여있는 콩나물처럼
사람들이 바글바글 걸어 다니고 있었다.

그 속에서 찾은
하늘과 바다가 만나는 지점이 보이는 곳에서
부모님 사진을 찍었다.

카메라 속 중년의 뒷모습은
아름답고 뭉클했다.
눈가의 주름 깊이만큼이나

아름다움은 깊어지는 듯했다.
가슴 한편이 뜨거워졌다.

뜨거운 태양 속

- 박시은

그때 기억나?

그땐 그랬지.
하루를 낭비하고 싶지 않아 일탈한 적이

우울하고 피곤한 날
너희의 전화 한 통에
뜨거운 태양 속을 여행하러 같이 떠났잖아.

태양은 활활 타올랐고
우리는 끝없는 길을 걸었지.

그때 우리는 지친 어린아이들 같았어.
힘들어도 다들 웃고 있었거든.

새파란 하늘
하이얀 구름
북적이는 사람들

그 태양 속은 놀이공원이었을까?
밤의 태양 속이 너무 이뻐서
홀려 버린 거 같아.

아름답게 펼쳐진 카페의 풍경을 보며
우리는 더욱 돈독해졌어.

집 가는 길
서로 아쉬워
발을 떼지 못한 일도 있었잖아

그때 기억나?
하루를 낭비하고 싶지 않아 일탈했던 적이

하루를 낭비하기 싫은 날
전화 한 통에 모여
뜨거운 태양 속을 같이 여행하자.

모순

- 임연우

엄마와 대화를 나누던 중 엄마가 나에게 말했다.
"우리 제주도 갈까?"
나는
"아니, 귀찮아"라고 답했다.

방으로 들어와
무슨 옷을 입을지 고민하는 나

난 이미 비행기에 타고 있었다.

모자母子

- 박상일

밭 갔다 집 들어갈 때
뒤돌아보니 다정하게 걷고 있는
아빠와 할머니

그 모습이 마치
나 어릴 적
엄마 손잡고
걸어가는 모습처럼 보여
마침 날도 좋아
사진으로 담아 두려
슬금슬금 둘 뒤로
자세를 잡고 앉아
적당한 거리에서
단 한 번 신중하게
찰칵!

마음이 따스해지는
사진 한 장

미소

- 오연지

나는 봄에 태어났다.
봄만 되면 사람들은 날 보러 온다고
엄마가 말해주었다.

내가 태어난 계절은 따스하고 또 포근하다.
내 밑엔 날 보러 온 사람들이 옹기종기 모여있다.
더 가까이 가보려던 순간 발을 헛디뎌 버렸다.

살랑 살랑 툭
누군가 날 들어 올렸다.
날 보며 환히 웃는다.

미안해 오늘 못 갈 것 같아…

- 서민준

친구들과 놀러가던 날 아침
그 서늘하면서 시원한 날
네가 보낸 그 문자가
날 화나게 했지.

심지어 그때 우리 어릴 때처럼
순수히 놀 수도 있었는데
네가 보낸 그 문자가
날 신나게 화낼 수 있게 했지.

사실 생각하면 그때의 내가 편하려고
네가 보낸 그 문자에
더 심하게 화낸 것 같아.

지금도 별반 다르지 않아.
지금 내가 편하려고
의자에 앉아 허리를 접고 목은 펴잖아.

너에게 보낸 그 문자가
지금의 나를 힘들게 하는 것처럼
지금의 나도 미래의 나를 힘들게 하겠지.

네가 보낸 그 문자를 생각하며
허리를 길게 늘인 고무줄처럼 세운다.

밤마실

- 박정현

택시 타고 떠난다.
시험 던지고 떠난다.
때마침 서글프게 비도 오겠다,
때마침 해도 졌겠나,
아무래도 오늘은 떠나야겠다.

빗물에 꽃잎이 젖는다.
옷소매랑 시험지랑 마음껏 적신다.

택시 타고 떠난다.
벚꽃 속으로 떠난단다.
우산 챙겨라.
플러시도 챙겨라.
아무래도 오늘은 벗어나야겠다.

깜깜한 어둠 속에 꽃잎이 내린다.
검은 스노우볼 속에 눈 대신 꽃이 내린다.
이곳에 갇혀버린 내가 보인다.

쓸쓸한 새벽의 친구

- 박건우

새벽이었다. 쓸쓸히 집으로 가는 새벽이었다.
평소와 같을 줄만 알았던 새벽이었다.

그러나 처음 보는 무언가가 내 발목을 잡았다.
튤립이었다. 외로운 향기가 나는 튤립이었다.

튤립 또한 나처럼 쓸쓸해 보였다.
하지만 나와는 다르게 아름다웠다.

쓸쓸한 아름다움에 이끌려 나는 피곤함을 이겨내고
휴대폰을 켰다.

'찰칵' 하고 나는 동무를 만들었다.

짙은 어둠 속에서 별이 반짝이듯,
쓸쓸함 속에서 튤립이 반짝였다.

평소와 다른 새벽이었다.

늘 쓸쓸히 공부를 하고 혼자 집으로 갔지만,
이제는 동무가 생겼다.
보석 같은 새벽이었다.

설레는 마음, 설레는 하늘

- 임규리

보고 싶은 너
기다려지는 너
오늘은 그런 널 보는 날

널 기다리며 본 하늘
솜사탕 같은 하늘

특별한 너
특별한 하늘

다시 없을 이런 날
달달하면서도 보다 보면
사라지는 그런 날
다시 보고 싶네 솜사탕 같은 날

월식

- 윤하원

학원 수업이 시작됐다.
한 장, 두 장, 넘어가니
나의 표정에 그늘이 지기 시작했다.
이제 그늘을 없애고 월식을 볼 시간이다.

살랑살랑 불어오는 바람 속에서
평범한 일상을 벗어나니
점점 어두워지는 하늘의 표정
나와 친구들은 그 표정을 보며 기뻐한다.

점점 따뜻한 웃음이 차오르는 하늘
우리들에게는 숙제가 벼락같이 쳤다.
우리도 웃음이 차오르고 싶지만
다시 그늘이 지고 있다.

다시 학원으로 돌아오고
원래 표정이 된 하늘
지루한 일상으로 돌아가

돌이켜 보는 하늘의 표정

오후에

- 김세은

어느 한적한 오후에,
바람이 부드럽게 불어오는 오후에,
아이들의 웃음소리가 배경음악으로 들려오는 오후에,
딸랑딸랑 소리 내며 자전거를 타는 나와 너

아담한 풍차는 저 멀리 타국의 향기가 물씬 밀려오고
세찬 물줄기를 뿜어대는 분수는 소리마저 경쾌하고
여기저기 솟아있는 홍단풍은 제 자태를 뽐내는데,
그 사이를 가로지르며 달리는 우리 둘
그리고 마주한 명화 한 점

빛의 산란과 연둣빛 잔디와 거대한 나무가 그려낸,
어쩌면 매일 새롭게 그려졌을 액자 없는 명화 한 점

우리는 이 아름다운 그림 앞에 잠시 멈추었다가
그림 속으로 달려간다.

어느 한적한 오후에,

잔디들이 소리 내어 웃는 오후에,
아름다운 그림이 그려지는 따뜻한 오후에,
딸랑딸랑 소리 내며 자전거를 타는 나와 너

안녕

- 류경민

안녕 숨통을 조여오던 너
잘 가 너도 수고했어.

햇빛에 익어 정수리가 따가워질 때까지도
끊이지 않는 환한 웃음소리

으샤으샤 줄을 당겨
어이! 거기 빨리 달려

우리 모두 한마음 되어
잠시 너를 잊었네.
너를 잊은 시간을 기억하겠네.

안녕 숨통을 조여오던 너
잘 가 너도 수고했어.
끝내 맞이한 행복한 이별

한 마리의 새가 되어

- 이채욱

11월의 토요일 오후
푸른 하늘과 하얀 구름이 보이는 맑은 날
학원 숙제 따위는 때려치우고
친구들과 축구를 하기 위해 집을 나선다.

시원한 바람을 맞으며
자유롭게 걸어가는 나
축구를 하여 추운 겨울임에도
군고구마가 된 듯 더워서 땀이 흘러내린다.

친구가 들고 온 사이다 한 병을 들고
벌컥벌컥 마시니
사이다가 내 고개를 들어 하늘을 보게 한다.

시원한 하늘 속에서
자유롭게 날아가는 새들

나도 한 마리의 새가 되어 날아올랐다.

찰나의 순간

- 강다영

동생과 내가
들뜬 마음으로 놀러 갔다.

미술관에는
쾅쾅쾅 큰 소리와 조화를 이루는 작품
출렁출렁 물이 느껴지는 작품
누르면 소리 나는 작품

작품을 보고 돌아올 때
동생을 보곤 나도 모르게 놀랐다.

찰나의 순간 바뀌었다.
친구와 노는 느낌이 들 줄 알았던 내 생각이
친구는 소파와 같은 편안함
동생은 침대와 같은 편안함

그 편안함의 차이가 분명히 느껴졌다.

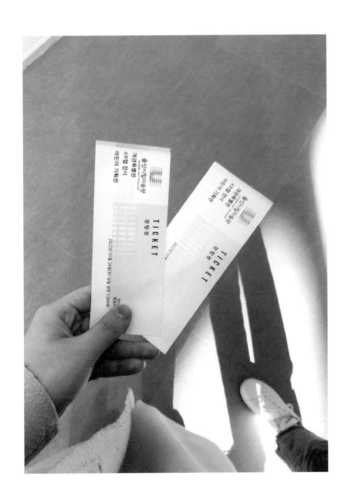

지우개 가족

- 홍석준

18년 인생 걱정 고민이 가득
내 생일은 어김없이 돌아온다.

가족과 함께하는 생일
가족이 내 걱정 고민을 하나씩 지워준다.

쓱싹쓱싹 지워도 닳지 않는 지우개
우리는 지우개 가족

내 마음도 지우개가 되어
쓱싹쓱싹 지워줘야지.
우리는 지우개

주변의 아름다움

- 이시훈

한때 앞날이 깜깜한 10대 고등학생인
외로운 나의 그림자는 희미해서 보이지 않았다.

누군가 나에게 책 한 권을 건네며
작지만 의미 있는 응원의 메시지를 보낸다.

그때 난 느낀다.
나에게도 가족처럼 나를 바라봐 주는
고마운 존재가 있다는 것을

날이 맑을수록 햇빛이 밝고 그림자가 짙어지듯이
내 주변을 둘러싼 친구들이 빛나 보이기에
선명한 나의 그림자는 짙어져 뚜렷하게 보인다.
그 후 내 진로의 길도 가까이에 보이게 된다.

그들에게 감사를 느낀다.
내 옆에 남아 내 말에 귀 기울여 주고
함께 해주어서 고맙다고

나도 그들에게
그런 존재가 되어주길 바란다.

우연히 있었던 일

- 신찬환

학원 끝난 늦은 저녁 시간,
발걸음을 집에 가는 길에 올렸다.

꿈이라도 꾼 걸까?
걸어도 걸어도 집이 보이지 않는다.

눈이 안 좋아진 걸까?
거리가 온통 흑백 티브이이다.

귀도 안 좋아진 걸까?
내 목소리밖에 들리지 않는다.

나는 너무나도 무서워
눈 닫고 귀 막고 무작정 뛰었다.

한참을 뛰었나 눈앞이 반짝거린다.
반짝거리는 순간부터 그 자리에 가만히 있었다.

나는 비로소 눈을 뜰 수 있었고
귀를 열 수 있었다.

내 눈앞에는 점멸신호를 내는 신호등이 있었다.
우연이었다.

눈이 오는 계절

- 황성미

다시 돌아온 겨울
오늘도 여전히 사진 속에 들어가네.

사진 안은 따뜻한 겨울
햇살과 눈송이들로 어우러져
만들어진 내 기분이다.

가족들과 추억은 행복한 설렘이다.
까르륵 까르륵 웃던 애 모습
다시 볼 수 있을까?

다시 돌아올 겨울
따뜻하고도 차갑다.

또다시 사진 속으로 들어가
돌아온 겨울을 반겨주네.

귀갓길

- 박진성

긴 하루를 끝마치고
혼자 걷는 귀갓길

터덜터덜
하염없이 걸어간다.

아침에 걸었던
그 길이 맞는지 낯설기만 하다.

아침에 들려왔던 새소리도
내 눈에 훤히 보이던 푸른 하늘도
내가 부끄러운지 숨어버렸다.

지금 걷는 이 길은
길이 하나뿐인 미로

'집' 이라는 목적지에
하염없이 걷기만 한다.

아침에 걸었던 그 길이 맞는지
낯설기만 하기에
익숙함을 찾고자 고개를 드는데

아침부터 나를 바라보며

내가 힘든 것을 알고 있는지

푸르던 그 얼굴은
어느새 붉게 물들어 있었다.

나의 마음을 알아주는
누군가가 있다는 걸 알게 됐는지

어느새 내 길을
터벅터벅

긴 하루를 끝마치고
길을 걸어가는데
왠지 내일은 낯설지만은 않을 것 같다.

2부

내 마음은 고동색

1초

- 권유리

땀방울 송글송글 맺히는
봉사를 마치고 돌아가는 길

아침 일찍 일어나 움직여 고단한 하루
나는 터벅터벅 땅만 보며 걷는다.

어둑어둑 해가 지기 시작할 때
하늘에 황금색 구름을 보니
나는 왜인지 모를 뿌듯함이 밀려온다.

땅에서 하늘을 보기까지 걸린 시간 1초
고단한 하루가 행복한 하루로 변하는 시간도 1초

고동색

- 김세은

오늘 내 마음은 고동색이다.
하루 종일 붙어있던 정겨운 교실에서
우리들이 함께할 마지막 날

꽃단장하고 옹기종기 모여 마지막을 추억한다.
감사했던 선생님과 한 장, 함께했던 친구들과 한 장
사진 속 우리는 웃고 있다.

가장 친했던 친구들과 찍으며 떠오른 우리의 추억
함께했던 추억들이 몽글몽글 비가 내린다.
같이 웃고 떠들던 이곳에서의 마지막이라니
사진 속 나는 웃고 있지만 울고 있다.

고작 1년이지만 껌처럼 끈끈해진 우정
내년에는 함께하지 못한다는 아쉬움
밧줄마냥 붙잡고 시간을 멈추고 싶다.

오늘따라 듣기 싫은 마지막 종소리

하하 호호 웃으며 마지막 인사를 나눈다.
오늘 내 마음은 고동색이다.

광안대교

- 김소민

새카만 어둠 속에서 광안대교가 내 눈에 비친다.
다리의 아롱거리는 불빛
바라보고 있으니 오늘이 떠오른다.

친구와 장난치며 놀다가
파도에게 흠뻑, 혼이 나기도 하고
바람에 스칠 때마다 덜덜 떨며 추억도 찍었지.

방금 씹은 껌 같은 여행이
단물 빠지듯 사라져 간다.

아쉬움과 함께 마음 한편에 간직해 둔다.

꿈

- 반주영

나에게는 간절히
이루고 싶은 꿈이 있다.

수많은 꽃 중
한 송이처럼 환하게
웃고 있는 나는
꿈이 있다.

오늘도 나는 나의
꿈을 위해 다양한
도서관들을 만난다.

가족과 영화관 가기 전
잠시 남은 시간에
찾아간 도서관은 나에게
행복과 두근거림을 준다.

그러므로 도서관은

맛있는 음식이다.
행복과 두근거림을 주니까.

나에게는 간절히
이루고 싶은 꿈이 있다.

끝 그리고 계속

- 최지은

좋은 경험이지, 좋은 경험
언제 영화제에서 심사 위원으로 참석하겠어.
다신 없을 기회지.

마음은 풍선처럼 계속 부풀어 올랐고
심사하는 영화 하나하나가 소중했어.

그런데 마냥 즐길 순 없었어.
시험 전 영화제를 즐기는 것이
학생의 본분에 어긋난다고 느꼈지.

폐막식 당일
마음은 풍선에 바람이 빠지듯 가라앉았지.
그래도 즐기고 싶었어.
친구들과 포토존에서 찍은 사진을 봤어.
웃을 수가 없었지.

그런데 이내 후회했어.

내가 선택한 일에 책임을 못 지는 것 같아서였지.
부끄러웠어.
이 기분을 간직하려 사진을 카메라에 담았어.

영화제가 끝난 후 후련했어.
좋은 일, 힘든 일, 모든 일에는
항상 끝이 존재했지.

모든 일에는 끝이 있고 끝난 후에는 계속되지.
삶의 지혜를 얻었어.
그걸로 됐지.

좋은 경험이지 좋은 경험
다신 없을 경험이지.

너희 덕분에

- 송주현

햇빛 쨍쨍 땀이 빗물처럼 쏟아지던
중학교 체육대회 어느 여름날
친구들과 지지배배 수다 떨며 이어지는
다음 경기에 설레었던 어느 여름날

한 친구가 사진을 찍자 했고
우리는 푸른빛 색색의 우리를 바탕으로
순수한 행복을 작은 네모 안에 담았다.

그러나 내 눈 앞, 계주 시작 알리는
출발선이 그이고 있었다.
피는 빠르게 돌며 쿵쿵 내 심장을 가격했다.
그 선은 내게 수학 문제를 틀렸을 때
채점 선이었다.

곧 계주를 뛸 내 마음을
아무도 모르게
아무도 모르게

책임감이란 중력으로 침몰시키고
선의 끝부분으로 콕콕 찔렀다.

고요한 내면의 아우성이 날 집어삼킬 즈음
하나의 손이 내게로 왔다.
엄마처럼 따뜻하고 다정하고 친근한 손이
인도 신처럼 여러 개로 늘어났다.

너희였다 못 뛰어도 괜찮다 떨리는 등 토닥여 줬던
너희였다 외로운 책임의 블랙홀에서 날 낚아채 줬던

너희가 있었기에 내가 불판처럼 뜨거운 모래 위로
가벼운 마음 아래에 두고 발을 내딛을 수 있었다.

혼자였지만 여럿이었다.

되찾은 감정

- 조원준

왜 이럴까.
내 몸 안에서 지진이 난 듯 심장이 뛴다.

축구 경기를 보러 갈 생각에 뜬눈으로 밤을 보내던 중
어릴 적 경기장에서 느꼈던 그 감정
그 감정을 다시 느끼는 꿈을 꾸며 겨우 잠이 든다.

경기장으로 가는 길에 다시 심장이 거세게 뛰고
경기 시작 5분 전 터질 것 같던 심장이
경기 시작 후 오히려 차분해진다.

사람들의 응원 소리가 하늘을 뚫을 듯이 울려 퍼진다
그때 한 선수의 발에서 공이 떠나고
그물망에서 출렁거리는 소리가 난다.

사람들의 환호 소리에 귀가 멍을 때리는 듯
아무것도 들리지 않는다.
몇 초 후 엄청난 환호에 전율이 찾아온다.

왜 이럴까.
내 심장이 미친 듯이 뛴다.

문수산

- 이정수

평온한 평일 오후 3시
뒷산이 오라 손짓을 해 산을 오른다.
중간쯤 가니 백발의 할아버지가
호랑이같이 산을 오르신다.
그 모습은 마치
먹잇감을 쫓는 호랑이 같았다.
그 모습은 마치
내 자신을 돌아보게 한다.

바다의 맛

- 이민서

버스 타고 택시 타고
마치 길 찾기 시험이라도 보듯이
힘겹게 도착한 강동 몽돌해변

바람 타고 들려오는
잔잔한 파도 소리
철썩철썩, 찰싹찰싹

바다를 배경 삼아 너와 내가
서로를 찍어준다, 찰칵찰칵
사진 타고 남겨지는 우리 추억

엄마 손길 타고 씻긴
우리 집 싱크대 속 접시처럼
파도 손길 타고 씻긴 내 마음

소문난 맛집 찾아가는 것처럼
무작정 어렵게 찾아간 바다

고생 끝에 맛볼 수 있는 것들

나는 이걸 바다의 맛이라고
부르기로 했다.

밤바다 속 우리는

- 이경수

밤바다 속 우리는
밤바다를 먹는 중이다.

밤하늘에 많은 별이
깜깜하고 조용한 바다가
구름을 손으로 잡을 듯이 높은 고층 건물이
펼쳐져 있는 밤바다 속

그 누가 와도 압도할 것 같은 비주얼
그 비주얼을 우리가 먹는 중이다.

나와 내 친구들
우리들은 거미줄같이 끈끈하게 이루어져 있다.
폭죽도 터트리고 다 같이 앉아서 하하 호호
이렇게 포근할 수 있는가.

밤바다를 보며 떨지 않는 우리들
오히려 다정한 우리를 보며 떠는 바다

우리는 또다시 바다를 먹을 수 있을까.
우리를 보고 바다가 떨게 만들 수 있을까.

밤바다 속 우리는
밤바다를 먹는 중이다.

별똥별

- 전준형

어느 여름 나의 귀에는 매미 소리와 피부가 타는 소리가 즐겁게 들려온다.

나의 벗들과 처음으로 여행을 가게 되니 마치 새로 산 복권을 긁어 보는 감정이 들었다.

밤에는 벌레와 별이 떨어지는 곳에서 벗들과 담소를 나누다 놓치기 싫어 문득 떨어지는 별들을 바라보았다.

나는 떨어지는 별들에게 나의 소원을 빌었다.
낮이 되니 별들은 멀리 떠나가고 급히 하늘을 보아도 보이지 않았다.

신분 상승

- 김윤서

커다란 그릇에 하얀 얼음과
그 위로 미끄러지듯 달콤한 망고가 가득

마치 회를 뜬 것처럼 슬라이스한 망고를
가지런히 플레이팅한 비주얼

수라상 못지않은 자태
지금 이 순간 나는 임금님!!!

수채화

- 양소정

바다는 차갑지만 따뜻하다.

바다는 조용조용
내 마음은 시끌벅적

나는 파도에 모두 흘려보낸다
시끌벅적한 바위들을

바다는 말을 파도에 흘려보낸다.
내 마음을 다 아는 듯이

슬픈 날 바다에 가면
바다는 항상 눈이 퉁퉁 부어있었다.

화난 날 바다에 가면
바다는 더 큰 소리를 질렀다.

내 마음은 수채화

바다는 스케치북처럼 서서히 물든다.

내 마음은 조용조용
바다는 시끌벅적

바다는 차갑지만 따뜻하다.

순수 純粹

- 이나연

내가 서울 코엑스에서 고래를 만난 건 우연이었다.
2020년 11월 초 어느 자정,
한 대회에서 내 글이 영예를 안았던 요행이
나를 서울로 이끌었고, 이는 코엑스를 목표로 한
여행으로 흘렀기 때문이다.

고래를 만난 순간, 줄곧 영광에 겨워 있던 내게
반가운 울렁임이 일었다.
낯선 듯 익숙한 감각에 몸을 내어주며
가만히 고개를 떨궜다.

말간 웃음이 웃돌고 발갛게 무른 뺨이 달았던,
코를 찡긋거리며 녹진한 바다 내음을 맡던
5살의 나는 처음 고래를 만났다.
장생포의 바다에서, 뱃멀미의 울렁임을 잊어가며,

어린 날의 고운 나는 그다운 상냥함으로
한껏 소원했던 감각을 일깨워

나를 목메게 했다.

짧은 회고 후 올려다본 고래는
선연한 푸른 물결 속 유영하던 나를 반기고 있었고
어느새 그리운 낯을 한 나는 다시 울렁이고 있었다.

그제야 깨닫는다.
한때의 감각이, 마음이 나를 서울로 이끌었음을.

내가 서울 코엑스에서 고래를 만난 건 우연이 아니었다.
그리고 이제는 다시 돌아갈 시간이었다. 울산으로.

이해의 변화

- 이석현

인도네시아 해가 지는 바닷가
말도 통하지 않는 곳에서
서로를 의지하며 훌훌 털어놓는 속마음

이제야 느꼈다.
그때 그의 행동은 아이와 같았다는 것을
많은 어려움과 간절함으로 자신밖에 보지 못하는
이제야 느꼈던 것이다.

그의 행동은 말했던 것이다. 그의 간절함을
그의 행동은 말했던 것이다. 그의 어려움을
나는 느끼지 못했던 것이다. 그의 간절함과 고통을

이제야 느꼈다.
그때 그의 마음은 신호등이었다는 것을
계속 바뀌었고 순식간에 사라지는 좋은 마음을
이제야 느꼈던 것이다.

서로의 상황, 서로의 나이가 되어서야 비로소 알게 되었다.
겪고 느끼고 행동하고 생각하고 상기시키며 알게 되었다.
그때 그는 말하고 있었다는 것을 이제야 느꼈다.

어느 겨울의 추억

- 이선우

추운 겨울날
오랜만에 친구를 보는 것은
어느 때보다 설렘이 있다.
순수한 시절을 기억나게 해주는
친구라는 존재는 얼마나 소중한가.
이런 생각에 빠질 때쯤 친구에게 연락이 왔다.
나 지금 다 왔으니 어디냐고
이 말을 들은 나는 어린아이처럼
신나게 달려가 인사를 했다.
그러자 친구도 오랜만이라며 반갑게 인사를 했고
많은 이야기를 하며 길을 걸었다.
길을 걷던 중 화려한 조명이 보였고
벌이 꽃에 다가가듯 자연스레 이끌렸다.
크리스마스의 따뜻한 분위기를 느끼며
사진을 한 장 찍게 되었다.
이 사진을 볼 때면 그때의 온기가
생생하게 느껴지곤 한다.

추억의 붕어빵

- 현지서

벚꽃이 지고 바람이 솔솔 불던 날
나는 오늘도
내 빛을 만나러 간다.

친구와 배를 채우고
들뜬 마음으로 찾아간 사진관
친구와 함께 남긴
작은 사진

우리의 소중한 추억 하나 되어
따뜻한 붕어빵에 담겼다.

친구와 함께한 나는
어제의 나보다
더 빛나게 되었다.

나를 더 빛내 준
따뜻한 붕어빵

나의 하루를 마무리해 준
따뜻한 붕어빵

내 전부가 되어버린
추억의 붕어빵

해가 뜬다

- 윤은성

그날도 해가 떴다.
낯선 이국에서도 해가 떴다.
그날도 동쪽 남자는 서쪽 여자를 만나러 갔다.
그 여자가 얼마나 고운지 하루도 빠짐없이 만나러 갔다.
만경창파에 깔린 오작교 부럽지 않을
빛의 길을 따라 만나러 갔다.
홀로 쓸쓸히 만나러 갔다.
오작교의 주인공과는 달리
하루도 빠짐없이 엇갈리고 또 엇갈리며
오늘도 해가 뜬다.
자국에서 해가 뜬다.

해맞이

- 이영준

하늘 위로 커다란 농구공이 튀어 오른다.

내 가슴속 작은 꿈들도 솟아오른다.

튀어 오른 농구공은 언젠가 떨어지겠지만

솟아난 내 꿈들은 가라앉지 않았으면 좋겠다.

지리산 추억

- 강태현

5월 무덥던 어느 날
아버지와 함께한 지리산

지리산에 첫걸음을 내딛는 순간
초록 손짓이 우리를 반겨주었다.

산새들이 지저귀는 소리는 소프라노
얼음장 같은 계곡 물소리는 메조소프라노
시원한 바람 소리는 테너
아버지와 나의 숨소리는 바리톤이 되어
지리산 정상을 향했다.

거친 숨소리를 내뱉고 도착한 정상
어느덧 내려앉은 짙은 어둠은
아버지와 나의 거리를 좁혀주었다.

어두워진 밤하늘에 떠오른 보석들은
금방이라도 발아래로 쏟아질 것 같았다.

칠흑 같은 어둠을 뚫고 나온 태양은
노고단의 장엄함을 세상에 드러냈다.

눈부신 아침 햇살 속 노고단의 아름다움은
아버지와 나에게
멋진 추억의 한 페이지를 선사해 주었다.

인간 파도

- 진아현

학교 친구들과 유치원생이 소풍 가는 마음으로
탕후루 하나씩 사 들고 해운대 모래사장에 갔다.

해운대 밤바다 앞의 예쁜 피사체가 되고 싶었다.
화려한 건물조차 그저 배경으로 하는
오로지 초점은 나 하나뿐인 예쁜 피사체

그때 파도 하나가 일렁이며 다가왔다.
나는 인간 파도야.
난 파도가 다시 밀려나길 바랐다.
하지만 파도는 거세게 다가와 나를 적셔버렸다.

파도가 예쁜 피사체 자리를 빼앗아버렸다.
화려한 건물조차 빼앗지 못한 나의 자리를

그러나 파도는 결국 밀려났다.
날 젖게 만든 파도는 다른 이를 적시러 갔다.

파도가 밀려나니 알게 되었다.
파도가 나에게 다가와 내가 웃을 수 있었다는 것을,
그저 빼앗겨 버린 줄 알았던 나의 자리에는
파도와 함께 웃고 있는 내가 있었다.

어둠에 잠기는 나무

- 박지민

저녁에 산책을 간다.
어느 날, 겨울의 차가운 공기가
나를 반긴다.

저녁에 산책로를 걷는다.
어느 날, 외로워하는 나무가
눈에 보였다.

나는 저녁에 나무를 보았다.
잎 한 점 없고 황량하기 그지없는
나무를 보았다.

나에게 저물어가는 하늘과 쓸쓸한 나무는
먹물로 그린 명화 같은 광경이었다.

나무는 점점 어둠에 잠기고
나는 점점 생각에 잠긴다.

햇살

- 이재현

나는 지금 시험 기간이다.
나는 지금 스트레스를 받는다.
나는 지금 친구와 수학 학원을 마쳤다.

나는 친구와 아이스크림을 샀다.
나는 친구와 나무 그늘 아래에 있는 벤치로 간다.
나는 친구와 대화를 한다.

아이스크림을 다 먹었다.
잠시 벤치에 눕는다.
하늘을 쳐다본다.

나뭇잎들이 서로 엉켜있다.
바람이 분다.

엉켜있던 나뭇잎들이 풀린다.
엉켜있던 나뭇잎들 뒤에 가려졌던 햇살이 보인다.

따스한 햇살이 우리를 비춘다.
눈을 감는다.
나른해진다.

나는 친구와 대화를 멈췄다.
조용해진다.
조용해진 우리 대신 바람과 나뭇잎들이 함께 말한다.
사르륵 사르륵

나는 이제 편안하다.
나는 이제 아무 생각이 들지 않는다.
나는 이제 집에 간다.

3부
은하수가 지나간 길

개화

- 황예원

내 생애는 전부 다 그대의 것입니다.

책을 읽어주던 그대의 목소리로 인해
내 생애는
당신의 입술에 담겨있습니다.
온종일 나를 생각하는 그대의 마음 때문에
내 생애는
당신의 가슴에 보석처럼 박혀있습니다.

나는 당신의 뜨거운 눈물로 피어난
찬란한 꽃
내 모든 것은 당신이 꽃피운 것입니다.

그러니
이제는 내가 그대를 꽃피우게 하십시오.

내 사랑은 전부 다 그대의 것입니다.

겨울이니까

- 최호길

나의 마음속 쓸쓸한 길거리
푸릇푸릇함을 볼 수 없겠지.
이제는

곰인형같이 앳된 동생의 얼굴
개구기를 낀 것처럼 말하는 옹알이
솜사탕같이 나를 사르르 녹이는 애교

초록색과 같은 소중하고 푸릇푸릇했던 추억
아름다운 밤이 가고 해가 떴다.

나의 마음속 쓸쓸한 길거리
두 번 다시 푸릇푸릇함을 볼 수 없겠지.
이제는

그곳

- 손창현

나는 강물이 흐르는 그곳에 갔습니다.
콘크리트 벽을 부수려고

언젠가부턴가 나는
벽을 세우기 시작했습니다.

나는 당연한 줄 알았습니다.
벽을 세워 물을 막는 것이

그러나 아니었습니다.

차가운 달밤, 강물과 풀벌레 서럽게 우는 그곳에서
내가 세운 벽이 무너지기 시작했습니다.

그렇게 견고해 보이던 벽이
쩌저적 갈라지며

물이 쏴아- 하고

쏟아져 나왔습니다.

비로소 깨달았습니다.
물은 흘러야 한다는 것을

나는 오늘도 그곳에 갑니다.
철문을 부수려고

그날, 나의 바람이 나에게로

- 윤은빈

나에게는 늘 불씨가 피어났다.
지금껏 그 불씨는 아직 어리고 소심해서
금방 스르륵 꺼지고 말았었다.

그날, 그날도 그동안과 다름없이 미디어를 향해 단조롭게 시작
한 하루
그날, 그날도 힘겹게 버티던, 열정으로 피어난 자그마한 불씨
그날, 그날은 무슨 일인지 살며시 나에게로 다가온 나의 바람
그날, 용기를 품어와 어린 불씨를 강렬한 모닥불로 번지게 한
그날의 바람
그날, 나에게 확신과 탐험가 같은 도전력을 피워준 바람

그날, 그날의 모닥불과 바람과 용기와 확신과 도전력 덕분에
그날의 사람들 중 가장 보석처럼 빛난 나
그날이 아니고 다음 날 다다음 날, 이날 저 날에도 여전히 나를
빛나게 해준
그날 나의 바람

그날, 내가 누구보다 소중히 간직하고 있는 그날
나의 바람이 나에게로 와 날 특별히 만들어준 그날
나의 바람은 여전히 선선하게 내 안에 불고 있다.
이 신비한 나의 바람은 또 나에게 무엇을 피워줄까?

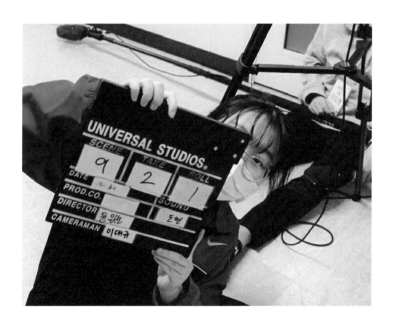

꽃을 위해

- 조현준

작은 꽃씨 하나 위해 얼음이 녹는다.
빨간 물이 얼음에 달라붙어도 얼음은 녹지 않는다.

붉은색에 뒤덮인 얼음은
속 터지듯이 깨져도
까슬까슬한 흙이 묻어도
지나가는 개가 밟아도
녹지 않는다.

여기저기 구르고 망가져 가는 얼음은
푸른 모습으로 꽃씨 하나 위해 녹는다.

난 어제의 푸르고 차가웠던 얼음을 위해
차가워지려 한다.

물은 웃는다.

나는 누구일까?

- 황예하

나는 누구일까?
내려다보면 보이는 나
거울을 보면 보이는 나
어제의 사진 속 나

모두가 다른 '나' 이지만
모두가 같은 '나' 이다.

괘씸한 나
두려워하는 나
후회스러운 나

모두가 같은 '나' 이기에 문을 열고 들여보내자.
너도 나고 나도 너다.

아 또다시 새로운 내가 탄생했다.
새로운 나는 누구일까?

fact

사실

보우

물리 넘 어려워잉

보우

예하 귀엽당

박지민

근데 이거 소리 원래 안들리냐

나도 그랬다

- 이준석

나도 그랬다.

아무것도 모르는 어린아이처럼
강가에 혼자 나온 어린아이처럼
즐거운 고통의 순간을 모르고

원치 않던 즐거움이 상승하고
즐거움의 높이가 고통으로 한없이 떨어질 때
나는 모든 것을 내려놓았다.
물결에 휩쓸려 가는 죽은 물고기처럼

결국
나도 그랬다.

너는 알까?

- 박민서

너는 알까, 나의 마음을
불안하기만 한 나의 마음을

나는 불안해 너에게 손을 툭툭
무서워서 너에게 비비적 비비적
서러워서 너에게 투정 부린다.

하지만 너는 웃기만 하네.
슬픈 나의 마음은
알지도 못한 채 웃기만 하네.

너는 알까, 나의 마음을
불안하기만 한 나의 마음을

노을색

- 이수빈

노을색 레쓰비, 노을색 하늘
노을색 벤치, 노을색 윤슬

온 세상이 노을색으로 물들면
어둡고 푸른 세상에서 날 붙잡던
쇠고랑도 노을색으로 녹는다.

다시 쇠고랑을 차고
터벅터벅 푸른 세상으로
걸어가야 하는 걸 알지만

내 눈앞을 가득 메운
노을빛이 영원하지 않을 걸 알지만

어두웠던 나는 행복한 고통을 느끼며
노을색으로 점점 녹는다.

노을색 겨울바람, 노을색 고양이

노을색 쇠고랑, 노을색 나

눈꽃 추억

- 김연지

휴대폰 속 잊고 있던 기억
느려지는 내 손가락

내 시야를 전부 하얗게 덮어버린 눈
아아 ~
지금 생각해 보면 가장 따뜻했던 1월

사람들의 입김
서로에게 닿은 저 입김
하얀 숲을 따뜻하게 채워주고 있다.

그때 내가 쥔 눈
지금 내가 쥔 마스크

기약 없는 기다림이지만
눈보다 하얗던 그 마음과
하얀 숲을 가득 채우던 그 온기는

기다리고 있을 테니까.
그 자리에서

달밤에 봄

- 김정은

스쳐 지나간 봄날
어찌어찌 살다 보니 또 한 해가 지나갔다는 것을
밥상에 또다시 찾아온 새싹이 마치
봄처럼 피었구나.
익숙하지만 늘 모든 게 새로운 아이처럼
새로운 감정을 느낀다.

실눈을 뜬 것처럼 어두워진 밤길
무심코 올려다본 하늘 위
빛나는 저 큰 점 같은 달
유독 동그랗다.

초점을 근거리로 두니 보이는 가로등
가만히 서서 보니 더 닮았다.
욕심이 생겨
눈을 깜빡여 사진을 찍었다.

가로등 주위 벚꽃은 구름처럼 빛난다.

너무나도 예쁜 색깔이
어둠에 가려진 것뿐이었고
그걸 깨닫는 건 가로등이 켜지고부터다.

하늘 위의 점과 가로등이 빛나는 순간
주위 모든 것이 보이는 순간
다짐과 함께 웃음이 지어지곤
목적지를 향해 다시 걸어간다.

돌아감

- 장에녹

걱정 없던 그날로 다시 돌아갑니다.
자유롭고 여유가 넘쳤던 그날로 다시 돌아갑니다.

추운 겨울날 눈 없는 날씨에
침대 위 눈 떠 있는 것은 겨울잠에서 잠깐 깬 짐승입니다.
자신이 언제 일어나야 하는지 깨닫지도 못합니다.
유리에 비추어진 모습에 보이는 것은 짐승입니다.

계속 바라본 그 모습에는 웃는 표정과 함께
걱정 없는 것 같은 흑암의 눈
전등으로 눈에 미약한 온기로 눈에서의 약간의
눈으로 바깥 나무를 봅니다.

밖을 보니 비가 내립니다.
이 비가 끝나면 봄이 올까요.
아름답지만 만남의 날이 올수록 두렵습니다.
그 봄이 끝나면 찾아올 여름이 역겹습니다.
그러나 벌레들의 소리가 잠잠해지면 다가오는

다시 올 겨울날 눈을 바랍니다.

비가 내렸던 겨울날이 내 눈 속에서 사라지고
눈 오는 겨울날을 보기 위해
두려운 봄을 살아갑니다. 역겨운 여름을 살아갑니다.
나의 눈을 되찾는 매일을 살아갑니다.

둥둥 불빛

- 김선진

장례식장 뒤편 높은 계단 위 달동네에서 보았던
까만 밤 위에 둥둥 떠 있던 불빛들
같이 떠오르는 할머니 생각
번져가는 불빛에도
내 마음은 꺼져가는 전구처럼 먹먹하기만 했다.

해운대 숙소에 앉아 보았던
까만 바다 위에 둥둥 떠 있던 다리들
얼마 전과 이어지는 할머니 생각
반짝이는 불빛에 슬픈 마음 환해지고
이제는 내 마음속 빛으로 간직할 추억들

마음속의 별

- 박민준

오늘도 즐겁다.
오늘도 난,
애써 즐겁다.

오늘 밤에도 내 마음속에는 별이 뜬다.
별은 태양빛에 몸을 숨기고,
어둠이 오면 오래된 가로등처럼 희미하게 빛을 낸다.

오늘도 웃는다.
오늘도 난,
애써 웃는다.

오늘 밤에는 아무도 모르게,
내 마음속에 작은 별을 띄워본다.

마음을 봅니다

- 양서윤

짐덩이 같은 마음 가득 안고
하염없이 나무 사이를 걸어갑니다.

나의 눈과 입이 열린 채로
하염없이 나무 사이를 걸어갑니다.

다리가 아프고, 발이 아파도
하염없이 나무 사이를 걸어갑니다.

엄마의 품처럼 따듯한 햇살 아래서
눈과 입은 고요해지고
찌르르 아파져 오던 마음은 편안해집니다.

나는 나무를 통해 나를 보았고
나를 통해 마음을 보았습니다.

이토록 찬란한 고요가
언제나 내 마음을 가득 채워주길

바라고 또 바랍니다.

맞잡은 손

- 이소윤

하늘에는 구름이 강물처럼 흐르고
논밭은 여름답게 무성하고 푸르다.

꿀처럼 달콤하게 느껴졌던 휴일에
진흙을 밟고 뛰어다녀도 마냥 즐겁다.

시원한 여름을 만끽하며
발랄하고 쾌활한 웃음소리를 들으며

아이들에게 손을 내밀면
방긋 웃으며 손을 잡는다.

순수한 미소와 호기심 어린 눈빛
뒤따르는 꺄르르 웃음소리

그 모습에 손쓸 새도 없이 사르르 녹는 나는
언제든 아이들과 웃을 준비가 되어있다.

비와 나무

- 서연우

토독토독, 비가 내린다.
길 위에는 우산을 쓴 나와
목욕재계 중인 나무들이 있다.
희뿌연 안개 사이로
고스란히 드러내는 제 모습
초록 잎들이 오늘따라 더 반갑다.

새록새록 차오르는 여린 잎들
내 마음에도 피어난 듯
한쪽 구석이 간질거려 온다.
비를 맞은 내 마음도
나무들처럼 무럭무럭 잘 자랄 건가 보다.

비의 예고

- 김태희

나에게 미리 찾아온다고
예고도 하지 않은 채
하늘에서 흩뿌려지는 수많은 빗방울들
내가 흩뿌리고 있는 소나기 같다.

숨 죽은 듯 고요한 바다를
수많은 빗방울들이
자는 이를 깨우듯 툭툭 건드린다.
그 모습을 본 나는 더욱더 거센
장대비를 쏟아 내렸다.

고요한 바다가 불을 켜기를 기다리는 나의 하늘
빗방울을 흩뿌리는 하늘이 오래 기다렸다는 듯이
숨 죽은 듯 고요한 바다에게 조용히 잔잔하게 또 따스하게
조명을 켜준다.
그 모습을 본 나의 하늘은 잔잔하지만 뜨거운 햇살을
나에게 내려주었다.
수많은 빗방울들이 나에게 미리 찾아온다고

예고를 해주지 않은 이유를
왜 이제야 나의 하늘은 알게 되었을까.

색칠놀이

- 김유정

새하얀 네가
해맑게 나에게 다가온다.

내 마음속 새하얀 스케치북에
너는 알록달록 색을 칠하는구나.

스케치북 한 페이지가 다 채워질 때쯤
너는 스케치북을 또 한 장 넘기는구나.

스케치북이 우글거릴 때쯤에는
이젠 더 이상 색이 채워지지 않는구나.

나는 또 어느샌가 낯익은 그림들만 계속 바라보고 있네.

아이에게

- 김정현

아이야, 너는 행복한고.
나는 행복하다.

내 끝없는 구애에 수줍게 대답하듯
똥그래진 눈동자에 좀 파먹은 주먹밥 된 머리
표현조차 할 수 없는 사랑스러움에
심장에 폭격이라도 맞은 것처럼 고장 난 내 모습
적지 않게 커다란 내 마음
어르고 달래는 데 꽤나 애먹었다.

차가운 유리 깨부수고 흩뿌려진 파편들 속에는
따뜻한 햇살 내리쬐고
초록빛 잔디 사이 싱그러운 풀 냄새,
색색의 나뭇잎이 밟혀 바스락 소리 나오고
장미 냄새가 나는 하늘과
새하얀 눈밭 속 뿌려진 강낭콩 네 개가 보인다.

사계의 울림 내뱉다 지지배배 지저귀는

새소리 가만히 들으며 네게 전한다.

아이야, 너는 행복한고.
사랑을 뱉어 나는 행복하다.

코로나

- 권유민

그가 내게 찾아왔다.
그의 이름조차 알지 못했다.
그를 다른 것이라고 착각한 나는
마치 길을 잃은 아이처럼
그렇게 서있었다.

툭, 나를 뚫고 들어온 막대가 있었다.
나의 코를 휘젓는 것이,
나의 마음도 간지럽혔다.
죄를 지은 것도 아닌데,
데일 듯 뜨거운 손이 나를 간지럽혔다.

그의 이름을 알았다.
그러나 그를 알지 못했다.
사람들은 그가 무섭다고 말했는데,
나는 방금 끓이기 시작한 물속을
여유롭게 헤엄치는 개구리였다.

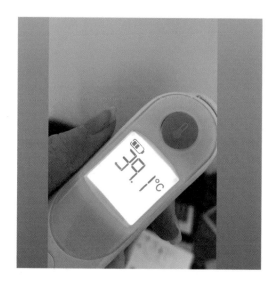

개구리를 걱정하는 사람들이 있었다.
개구리를 물속에서 꺼내주고,
개구리를 식혀주었다.
세상에서 가장 따뜻한 얼음주머니

차가워진 개구리는 그를 다시 바라보았다.
그 눈 속에 어딘가 떨리는 눈망울
차가워진 개구리는 사람들을 바라보았다.
그 눈 속에 따뜻하게 번져오는 눈물

하얀 눈, 하얀 마음

- 김건우

하얀 눈이 내 두 뺨을 스치던 날
하얀 눈이 나의 마음을 온통 뒤덮어,
내 마음을 하얗게 만들었다.

하얀 눈이 내려온다는 것만으로도
나는 온 세상을 얻었다.

그러나 지금 나의 마음은
먼지와 발자국으로 검게 얼룩져 있다.

하지만 아직 내 마음이 하얗게
다시 뒤덮이길 바라는지

난 오늘도,
하얀 눈이 내 두 뺨을 스치던 날,
하얀 눈이 또다시 새롭게 내 마음을 온통 뒤덮기를
기다리고, 또다시 기다린다.

은하수가 지나간 길

- 임은규

나는 기억한다.
그날 저녁의 웅성거리는 호수를

저마다의 청춘을 즐기는 웃음소리,
동기동기 기타 소리,
산 너머 원숭이들의 소리,
해가 뉘엿뉘엿 지는 소리

그렇게 산맥이 새액새액- 잠이 든다.
우리를 뜨겁게 감쌌던 해가
호수 위 돛단배처럼
저 너머로 흘러간다.

언젠가 헤어져야 했지만
헤어져야 했기에 서로에게
이런저런 이야기들을 훌훌 털어놓고
떠나는 기분을 아는가?

아맛빛 머리의 소녀는 이렇게 말했다.
은하수가 지나간 길에
우리의 이야기를 놓고 가면
하나의 별이 되어
우리가 가는 길을 비추어준다고.

나는 그날 밤의 소리를 기억한다.
숨을 들이마셔 상쾌한 공기가 느껴질 때면,
나는 은하수가 지나간 길을 눈 밑에 그려본다.

일상

- 윤수현

학교, 학원, 집
쳇바퀴처럼 굴러가는 일상

매일 같은 곳을 걷는데
신기하게도 매번 다른 추억이 쌓여간다.

학교 마치는 종소리에
삼삼오오 모인 아이들 사이에 섞여
오랜 친구와의 하굣길에
데굴데굴 굴러온 우스꽝스러운 얼굴

왜 그렇게 웃겼을까?

어릴 적 스케치북과 연필 하나로 만든 놀이터
그 작은 놀이터에서 낙서 하나로 끊이지 않던 웃음

다시 어린아이가 된 듯
귤 위에 작은 낙서를 보며 한참을 웃었다.

학교, 학원, 집
쳇바퀴처럼 굴러가는 일상

매일 같은 곳을 걷는데
새로운 추억이 하나 생겼다.

굿모닝

- 전채연

어느 바쁜 시험 기간 아침
내 가방처럼 무거운 눈꺼풀을 들어 올려 눈을 뜨니
벌써 7시 55분 늦었다!
어머니는 슬쩍 눈치채시고는 차 키를 챙기신다.

셔틀버스 대신 어머니의 자가용을 타고
지루함 대신 사랑을 타고
동생과 함께 나서는 등굣길
외로움 대신 귀여운 추억과 함께 나서는 등굣길

오랜만에 동생과 함께 등교를 하니
옛날 살던 동네 생각이 총총 떠오른다.
구수한 동네 향기와
버찌를 피해 토끼처럼 깡충깡충 뛰어다니던 우리 둘

아파트 동 앞을 나서니
비가 와서 보도블록 사이 고인 물에
햇빛이 통통 반사되어

싱그러운 스타카토 연주를 들려준다.

푸른 하늘,
찬란한 금빛 태양,
윙윙 날아다니는 벌들,
감사한 어머니와 귀여운 동생.
아, 정말 조화롭구나!

작은 위로

- 최성민

며칠 동안 시끄러웠던 하루하루가 끝나간다.

잘하던 일도 잦은 실수로 그 일상을 무너뜨리고
해야 할 일을 쉬지 않고 열심히 달려도
끝이 보이지 않았던 그 고통의 나날들이

하늘을 보며 바람을 느끼며 친구와 수다를 떨었던
그런 여유마저 빼앗았던 그 고통의 나날들이
모든 것이 끝난 것처럼 사라진다.

시끄러웠던 일상이 돌아왔지만
누리고 싶었던 여유가 돌아왔지만
내 마음의 한구석은 텅 빈 인형처럼 차갑게 식어가고 있는 걸까.

외로이 홀로 돌아가던 날 차갑게 식어버린 마음은
따스한 저녁 경치를 바라보며 서서히 녹아간다.

언제 지나갔는지 모를 지워지지 않는 비행기의 흔적

서로 얽매여 있지만 자신의 길을 찾아가는 전봇대 줄

그동안 수고했다며 토닥여 주며
네가 가는 그 길은 틀리지 않다며 너는 할 수 있다고
작지만 커다란 다시는 받을 수 없는 자연의 위로를 받았다.

쉽사리 발은 떨어지지 않지만
또다시 시끄러운 하루로 돌아가겠지.

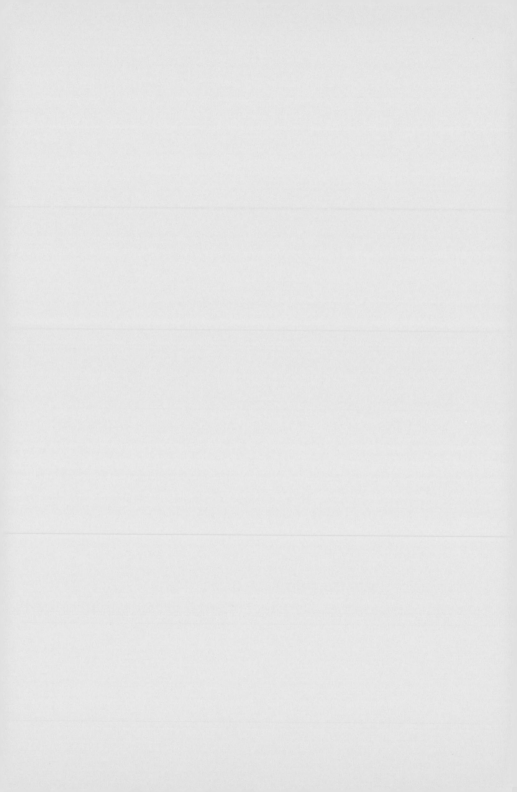